PARISINA,

POEME IMITÉ

DE LORD BYRON,

Suivi de

VOEUX

POUR LES HELLÈNES.

Paris,

CHEZ LES MARCHANDS DE NOUVEAUTÉS.

1829.

PARISINA.

PARISINA,

POÈME IMITÉ

DE LORD BYRON,

Suivi de

VOEUX

POUR LES HELLÈNES.

Paris,

CHEZ LES MARCHANDS DE NOUVEAUTÉS.

1829.

A mon Ami

EUGÈNE RICARD FARRAT.

Je place ici ton nom pour ne pas le séparer du mien.

Eugène Thomas.

On lit dans Gibbon (*Antiquités de la Maison de Brunswick*) : « Sous le règne d'un Marquis d'Est, Ferrare fut ensanglantée par une tragédie domestique. Sur le rapport d'un de ses gens, ce Prince se convainquit par lui-même des amours incestueux de sa femme *Parisina* avec l'un de ses fils naturels, beau et vaillant jeune homme. Ils eurent la tête tranchée par la sentence d'un père et d'un mari offensé, qui rendit son déshonneur public, et survécut à leur supplice. Il fut bien malheureux, s'ils furent coupables ; s'ils étaient innocens, son malheur ne fut que plus affreux. Quelle que soit la supposition, je ne puis approuver ce terrible acte de justice de la part d'un père. »

PARISINA.

C'EST l'heure des amours : le chantre du bocage
Fait redire aux échos ses airs mélodieux.
Le zéphyr caressant marie un doux langage
A l'onde qui soupire en quittant son rivage.
Sur ces touchans concerts, les astres, dans les cieux,
Accordent à la fois leur brillante harmonie.
A la fraîcheur des airs les fleurs pompent la vie:
Amans, c'est vers le soir qu'elles vous plaisent mieux.
Dans les flots murmurans règne un azur plus sombre;
Le feuillage est empreint de la couleur de l'ombre:
Du douteux crépuscule, aimable obscurité,
Qui va fuir aux rayons de la lune amoureuse,
Et dont au firmament la clarté vaporeuse
Couvre les rendez-vous d'un ciel de volupté.

Une princesse d'Est a quitté sa demeure :
Où va Parisina, sans compagne, à cette heure?

Dans l'ombre, avec mystère, elle glisse et s'enfuit.
Est-ce pour admirer les astres de la nuit?
Ou veut-elle cueillir une rose nouvelle?
Peut-être le ruisseau par ses soupirs l'appelle.
Elle écoute; elle semble entendre un autre bruit.
Le chant du rossignol a des charmes pour elle;
Non, il faut à son cœur de plus tendres accens.
On vient; son front pâlit, son sein ému palpite;
Une voix qui la nomme a troublé tous ses sens;
Elle avance, frémit et s'arrête interdite;
A sa pâleur succède une rougeur subite.
Ils vont se réunir; ô fortuné moment!
Elle avance, à ses pieds elle voit son amant.

Oublieux des mortels, leur tendresse profonde
Est le monde pour eux; eh! que leur fait le monde!
Que leur font les mortels! Et la terre et les cieux
Ne sont rien pour leur cœur, ne sont rien pour leurs yeux.
Que les astres, du ciel embellissent le faîte;
Que les fleurs sous leurs pas naissent pour les charmer;
Tout paraît un néant sous leurs pieds, sur leur tête:
Morts pour tout l'univers, ils vivent pour s'aimer.
Quelle ivresse de flamme et quel brûlant délire!
Quel feu dans leurs baisers que chaque sens respire!
S'il ne s'éteint bientôt, s'il ne peut se calmer,
A son ardeur puissante ils ne sauraient suffire;
Leur ame est un foyer qui doit les consumer.

Mais est-il des plaisirs que la crainte environne?
Quel charme a le remords dont le cœur s'empoisonne?
Ah! la crainte sourit à deux amans heureux,
Et les traits du remords ne sont pas faits pour eux.
Enchantement d'amour, fugitive apparence!
Moment déjà passé lorsque l'amour y pense!
Hélas! vous ressemblez aux rêves du sommeil;
Ils nous quittent soudain, avec eux l'espérance,
Et le bonheur est loin, même avant le réveil!

Il faut se séparer. Déjà!.... Douleur extrême!
Il le faut. Leurs désirs, leurs transports renaissans
Ont encore enflammé l'ivresse de leurs sens.
Eh! comment séparer une ame d'elle-même!
L'ame en amour n'est qu'une avec l'ame qui l'aime.
Avec quelle lenteur, quels regrets, quels soupirs
Ils s'éloignent du lieu témoin de leurs plaisirs!
Le mot demain, demain, que leurs langues murmurent,
Par leurs yeux languissans fait entendre leur vœu:
Ils doivent se revoir, du moins ils se le jurent,
Et leur dernier baiser semble un dernier adieu.

Hubert, qu'enfin reçoit sa couche retirée,
Appelle encor du cœur son amante adorée.
Il rêve au lendemain en invoquant le jour,
Et du soleil tardif accuse le retour.

Cependant au sommeil Parisina livrée,

Parisina, d'amour, de plaisir enivrée,
Près d'Almon son époux, pose son front brûlant.
Mais quel sommeil trompeur! Quel repos accablant!
La fièvre dans son sein a répandu la flamme;
Sur ses lèvres de feu respire encor son ame:
Elle redit un nom cher à son cœur blessé,
Que jamais sans délire elle n'eût prononcé;
Et presse sur ce cœur, que son amant agite,
Son époux qui de joie et s'éveille et palpite.
Heureux de tant d'amour, à son fils adressé,
Il reçoit ces transports, ces soupirs, ces tendresses,
Et répond à la voix de ses douces caresses,
Ainsi qu'aux premiers jours d'un temps bientôt passé
Il croit, prêt à pleurer sur celle qui l'adore,
Que ces feux, cette ardeur, il les inspire encore.
Ah! si de son épouse il charme le sommeil,
Que doit-il en attendre au moment du réveil!

Il l'embrasse; elle parle; il s'arrête, il écoute.....
Elle a nommé..... Pourquoi tressaille-t-il soudain,
Comme si, descendu de la céleste voûte,
Il entendait l'archange à l'organe d'airain?
Pourquoi? Moins douloureux et non pas plus terrible,
Sera du dernier jour le son retentissant
Qui le rappellera de sa tombe paisible,
Pour venir comparaître aux pieds du Tout-Puissant.
C'en est fait du bonheur pour lui dans cette vie,
Et sa félicité par un mot est ravie.

La Princesse rêveuse, en répétant ce nom,
Vient d'attester son crime et la honte d'Almon.
De quel nom retentit la couche frémissante,
Comme de l'Océan la vague mugissante
Qui, loin sur le rivage, en son horrible choc,
Lance le naufragé brisé contre le roc?
(Ainsi ce nom, du Prince est venu briser l'ame).
Quel est ce nom? Celui d'Hubert. Hubert!... ô ciel!
Hubert!... son fils! le fruit de sa première flamme!
Séduite par ce Prince et volage et cruel,
Blanche devint d'Almon l'épouse illégitime:
C'est la mère d'Hubert, d'Almon c'est la victime.

Il a porté la main sur son poignard vengeur;
Mais, à moitié sortie et vainement brillante,
L'arme dans le fourreau ne rentra pas sanglante;
Eh! comment immoler cet objet enchanteur
Qui, doucement fidèle à l'erreur qui l'inspire,
Semble arrêter le fer par l'attrait d'un sourire?
Frapper à ses côtés une épouse qui dort!
Ainsi devrait périr cette femme fatale;
Non: Almon d'un regard a décidé son sort,
Mais d'un regard glaçant, mais d'un regard de mort
Qu'éclaire tristement la lampe conjugale.
Parisina se tait, le cœur moins agité;
Elle repose enfin, mais l'arrêt est porté.

Almon, dès le matin d'une nuit qu'il déteste,

Cherche dans son Palais la vérité funeste;
Et par ses soins cruels redoutant d'être instruit,
De cette infortunée il entend les suivantes.
Toutes, à ses genoux, elles tombent tremblantes,
Et, près du châtiment dont l'effroi les poursuit,
Confirment par leurs pleurs les aveux de la nuit.

Le Prince convaincu ne doit plus rien entendre,
N'a plus rien à souffrir, car il a tout appris.
Point de délais; Almon ne sut jamais attendre.
Entouré de sa garde et sur son trône assis,
Au milieu de sa Cour, en son Conseil suprême,
Il a vu, le regard sombre d'austérité,
Paraître devant lui, dans cet âge où l'on aime,
Son épouse et son fils; son fils dont la beauté
Eût sans doute attendri tout autre qu'un tel père.
Ô nature! faut-il, quand le juge est sévère,
Que son fils qu'il accuse, à ses pieds amené,
Reconnu criminel, soit par lui condamné!
Hubert chargé de fers garde un morne silence;
Mais ce n'est pas de crainte : il prévoit la sentence,
Et du courroux du juge il n'est point étonné.

Muette comme lui, comme lui résignée,
Le front pâle, de pleurs Parisina baignée,
Attend son jugement d'un époux irrité.
Hélas! ce n'était plus celle dont la gaîté,
Unie en ses regards à la tendre innocence,

Animait le Palais joyeux de sa présence.
Alors tous les seigneurs étaient fiers de ses lois;
Les belles s'essayaient à l'accent de sa voix,
Et leurs chants gracieux, même dans leur faiblesse,
S'empressaient d'imiter les chants de leur maîtresse.
Ah! si des pleurs alors eussent mouillé ses yeux,
Mille glaives brillans, mille vengeurs terribles
Auraient brigué l'honneur de son choix glorieux:
Une larme eût suffi pour les rendre invincibles.

Qu'est-elle maintenant? Que peut-elle ordonner?
Qui voudrait obéir? Qui prendrait sa défense?
Où seraient les seigneurs prompts à l'environner?
Chacun reste fidèle au plus profond silence.
Les chevaliers émus et le regard baissé
Contraignent leurs soupirs qu'ils retiennent à peine;
Les dames n'osent pas pleurer leur souveraine,
Et la Cour consternée offre un aspect glacé.

Celui de qui le fer eût, pour sa délivrance,
Prévenu son regard; son amant dont le bras,
S'il était un moment libre pour sa défense,
Aurait avec transport affronté le trépas,
Est accablé, non pas de la mort qu'il envie,
Mais de ne pas mourir en lui sauvant la vie;
Et frémit quand il voit qu'oubliant ses malheurs,
Sur son complice seul elle verse des pleurs.
Hélas! la veille encor quelques veines légères,

Comme un dessin d'azur, semblaient se reposer
Sur l'albâtre enchanteur de ses douces paupières
Qui d'un amant heureux appelaient le baiser.
Aujourd'hui la pâleur a remplacé leurs charmes;
C'est un poids douloureux, accablant à porter,
Qui comprime ses yeux livides, pleins de larmes :
Où respirait l'amour, la mort vient habiter.

Almon prit la parole : « Hier, je le confesse,
» Hier, dit-il, d'un fils, d'une épouse enchanté,
» J'éprouvais dans mon cœur une noble fierté;
» J'espérais sur tous deux appuyer ma vieillesse.
» Ce matin dans mon cœur tous deux se sont proscrits;
» Comme un songe j'ai vu s'envoler ma tendresse :
» Ce soir me trouvera sans épouse et sans fils.
» Ils ont livré ma vie au plus affreux supplice;
» Je serai solitaire, oublié, sans appuis.
» Eh bien! puisque par eux nos liens sont détruits,
» Puisque le Ciel le veut, que mon sort s'accomplisse.
» Hubert, prépare-toi, car le prêtre t'attend;
» A Dieu qui seul pardonne adresse ta prière;
» Tu pourras l'invoquer jusqu'au suprême instant
» Où l'étoile du soir montrera sa lumière.
» Que loin de toi le Ciel écarte tes forfaits!
» Adieu : ton père est juste; il ne peut désormais,
» Sur la terre où sa foi fut doublement trahie,
» Respirer le même air qui te donne la vie.
» Et toi, perfide objet de ses coupables feux,

» Adieu, femme infidèle, adieu, toi dont le crime
» Verse le sang d'un fils coupable et malheureux;
» Tu verras expirer ton amant, ta victime,
» Et tu vivras après, tu vivras, si tu veux. »

Il acheva ces mots, et ses veines pressées
Battirent sur son front, rapides, courroucées,
Comme si tout le sang, venant s'y refouler,
Eût, pendant un moment, cessé de circuler.
Il inclina sa tête, et, sous sa main troublée,
Déroba ses regards à ceux de l'assemblée.
Cependant vers son père, Hubert levant les bras,
Ses bras pressés de fers, comme pour le confondre,
D'un air sombre et hautain demande à lui répondre;
Almon n'accorde rien, mais ne refuse pas,
Et son silence dit qu'il est prêt à l'entendre.

« Je ne crains point la mort; impatient d'attendre,
» Que de fois tu m'as vu, m'élançant au trépas,
» Faire briller ce fer qu'on ravit à mon bras,
» Et que suivit long-temps l'honneur et la victoire.
» Ce fer a répandu plus de sang pour ta gloire
» Que n'en fera couler mon supplice honteux.
» Tu m'as donné le jour, reprends-le, tu le peux.
» Eh! que fait à ton fils le présent de la vie?
» Mais l'amour maternel, crois-tu que je l'oublie?
» Oublîrai-je ma mère, et, grace à tes mépris,
» Son avilissement à son enfant transmis?

» Ma mère.... est dans la tombe où tu la fis descendre,
» Où son fils et le tien, ton rival, va se rendre.
» Son cœur flétri par toi, ma tête que tu veux,
» Prouveront chez les morts, aux princes tes neveux,
» De tes premiers amours la tendresse fidèle,
» Et pour ton propre sang ton ame paternelle.

» Il est vrai, mon audace eut droit de t'outrager;
» Tu m'avais offensé, j'ai voulu me venger.
» Cette nouvelle amante excita ton envie;
» Elle m'était promise, et tu me l'as ravie.
» Tu peux t'en souvenir : de sa beauté jaloux,
» Tu la vis, tu l'aimas, tu devins son époux.
» De ta fierté cruelle, innocente victime,
» Tu raillas ma naissance, hélas! due à ton crime,
» Et de Parisina, séparant mon destin,
» Tu me jugeas toi-même indigne de sa main.
» Je ne pouvais sans doute, en un espoir peu sage,
» Réclamer de ton nom le superbe héritage,
» Ni m'asseoir sur le trône où régnaient tes aïeux.
» Mais quelques ans encor, et mon nom glorieux,
» Elevé sur le tien, célèbre dans l'histoire,
» Eût par son lustre seul effacé ta mémoire.
» Ah! j'avais une épée..... Il me reste mon cœur:
» J'eusse bientôt d'un casque orné mon front vainqueur,
» Et rendu tes neveux jaloux de ma conquête
» Qui, mieux que leur couronne, aurait paré ma tête.
» Le plus noble des fils, le plus brillant des noms

» N'a pas toujours gagné les plus beaux éperons.
» Les miens, que ne m'a point obtenus la naissance,
» A travers les périls ont lancé ma vaillance :
» Au cri terrible d'*Est*, j'ai laissé loin de moi
» Des héros se disant aussi nobles que toi.

» Trop coupable à tes yeux, ne crois pas que j'implore
» Peut-être quelques jours, quelques heures encore.
» La honte est sur mon cœur accablé du fardeau :
» Le temps doit désormais passer sur mon tombeau.
» Mon honneur et le tien veulent que je périsse,
» Et je vois sans terreur s'avancer mon supplice.
» Tu ne m'étonnes point par tes sanglans arrêts :
» Ah! ce n'est pas pour moi que je sens des regrets!

» Et comment vivre encor! ton orgueil, ta puissance
» Livrèrent au dédain mon obscure naissance!
» Pouvaient-ils honorer un homme tel que moi !
» J'ai pourtant de tes traits, et mon ame, c'est toi.
» C'est toi qu'on reconnaît dans ma fierté sauvage;
» C'est toi.... Pourquoi frémir soudain à ce langage?
» Oui, si mon bras nerveux a fait quelques exploits,
» Si j'ai quelque courage, à toi seul je le dois;
» Et si j'osais nier la honte de ma mère,
» Mon ame trahirait tout l'orgueil de mon père.
» Vois donc ce qu'ont produit tes coupables amours:
» J'ai suivi ton exemple au péril de mes jours;
» Et connais que le Ciel, dans son courroux suprême,

» T'a fait présent d'un fils trop semblable à toi-même.
» Va, qui porte mon cœur est, n'en sois pas surpris,
» D'un père tel que toi le légitime fils.
» Le jour que je te dois, que tu reprends si vite,
» Ce don que je te rends, que sans regret je quitte,
» J'ai pu l'aimer jadis, quand nos coursiers volans
» Foulaient d'un pied vainqueur nos ennemis sanglans.
» Ah! le passé n'est rien; l'avenir qui le chasse
» Lui ressemble bientôt et bientôt le remplace :
» Mais plût au Ciel qu'alors j'eusse dans les combats
» Trouvé, devant tes yeux, la gloire et le trépas!

» Cruel, tu m'as privé de l'amour de ma mère;
» Jaloux, tu m'enlevas l'épouse la plus chère;
» Eh bien, je sens encor, quand tu me les ravis,
» Que ton arrêt est juste en condamnant ton fils.
» Hélas! au déshonneur j'ai dû mon existence;
» Ma mort sera honteuse, ainsi que ma naissance.
» Coupables tous les deux, mon crime fut le tien;
» En moi seul tu punis et ton crime et le mien.
» Devant ton tribunal je meurs inexcusable;
» Mais Dieu seul jugera quel est le plus coupable. »

Il dit, et de ses bras vers son cœur dirigés,
Fit retentir les fers dont ils étaient chargés;
Et leur choc, dans la salle où régnait l'épouvante,
Frappa de tous les chefs l'oreille frémissante.
Mais de Parisina les séduisans attraits

Rappelèrent bientôt les regards du Palais.
Ce n'était pas d'Hubert l'altière indépendance :
N'accusant qu'elle seule, en proie à son remord,
Et seule à son amant croyant donner la mort,
Pouvait-elle avec calme écouter la sentence ?
Elle rouvrit les yeux ; mais taris et hagards,
Ils fixaient sans dessein d'immobiles regards
Que semblait leur prêter la pierre inanimée.
Cependant quelquefois, dans leur orbite obscur,
On voyait s'humecter ses prunelles d'azur,
D'où tombait une larme avec peine formée.

Elle voulut parler ; ses accens confondus
Ne rendirent qu'un son douloureux et confus,
Et gardant de sa source une si triste empreinte,
Qu'il sembla que son cœur eût passé dans sa plainte.
Elle chercha sa voix une seconde fois,
Mais un cri prolongé vint remplacer sa voix.
Elle tomba soudain sur le marbre couchée,
Ainsi qu'une statue à sa base arrachée ;
Et vous aurait paru, dans votre juste horreur,
Un corps qui de la vie ignora le bonheur,
Ou quelque pâle image, œuvre d'un statuaire,
Du tombeau qui l'attend ornement funéraire :
Et non cette beauté funeste à son amant,
Qui, prêtant à l'amour une oreille sensible,
N'en sut point repousser le charme irrésistible,
Ni supporter plus tard la honte et le tourment.

Elle vivait..... Au jour on l'a trop tôt rendue ;
Mais, hélas! sa raison était déjà perdue.
Trop de douleurs avaient déchiré tous ses sens.
De son cerveau frappé les fibres déplacées
N'excitaient rarement que de vagues pensées,
Qu'elle rendait à peine en ses faibles accens ;
Comme ferait un arc dont la corde humectée
Lancerait une flèche au hasard emportée.
Le passé, tel qu'une ombre, et s'efface et s'enfuit;
L'avenir s'est caché dans une affreuse nuit
Que, pour lui découvrir son horreur tout entière,
Interrompent parfois quelques traits de lumière.
Ainsi voit en tremblant briller quelques éclairs,
Le voyageur perdu dans la nuit des déserts.

Son ame est de terreur si fortement pressée,
Que par le froid du crime elle la sent glacée.
La mort devait frapper un cœur qui lui fut cher;
Mais ce cœur, quel est-il? Parisina l'ignore.
A-t-elle fui le jour? Existe-t-elle encore?
Est-ce le même ciel qu'elle voyait hier?
Sent-elle sous ses pieds la terre qui l'adore,
Qui l'adorait du moins, quand ces jeunes seigneurs
Qu'elle voit aujourd'hui, témoins de ses malheurs,
Peindre par leur effroi le sort qui la menace,
Souriaient enchantés à l'aspect de sa grace?
Tout confond son esprit dans un chaos errant,
Au rire elle a bientôt fait succéder la plainte ;

C'est un mélange horrible et d'espoir et de crainte,
D'un sommeil convulsif, un rêve délirant.
Oh! quand pourra finir ce sommeil déchirant?
Il n'est plus de réveil pour sa raison éteinte.

Mais déjà dans les cœurs, d'épouvante oppressés,
Retentit du couvent l'airain que l'on balance,
Et ses lugubres sons, de la tour élancés,
Se prolongent au loin, portés par le silence.
Déjà l'hymne funèbre au lamentable chant,
Composé pour le mort, annonce le mourant.
On n'entend plus des glas la plainte monotone.
La prière avertit Hubert qu'elle environne.
A genoux sur sa tombe, il attend, prosterné,
Qu'au nom du Tout-Puissant le prêtre ait pardonné.
Ô douleur! devant lui l'échafaud se prépare.
Du sanglant échafaud le prêtre le sépare.
Le bourreau, les bras nus, pour un coup assuré,
Examine la hache au tranchant acéré.
Le peuple accourt poussé par un plaisir barbare,
Et veut, muet d'horreur, voir le fils criminel
Recevant le trépas par l'ordre paternel.

C'était d'un jour d'été la brillante soirée,
Quand, de légers reflets couronnant l'horizon,
La terre s'embellit d'une teinte dorée.
C'est alors que, du Ciel implorant le pardon,
Le ministre de Dieu, penché sur la victime,

Disait les mots sacrés qui remettent le crime;
Alors que le soleil de ce jour odieux,
Jour qui n'eût jamais dû luire sur la nature,
Vint éclairer d'Hubert la blonde chevelure,
L'appeler de la terre et lui montrer les cieux.
Mais quel moment amer pour la foule interdite!
Oh! combien du soleil la clarté fut maudite,
Quand pâle, et se montrant pour la dernière fois,
Effroyable flambeau de la rigueur des lois,
Son suprême rayon sur la hache homicide
Rejaillit menaçant comme un éclair livide!

L'heure fatale approche; elle a déjà sonné.
Hubert est aux bourreaux soudain abandonné.
De son manteau privé, bientôt leur main impure,
Fera, sous les ciseaux, tomber sa chevelure.
Le fidèle ornement que l'amour lui donna,
Cette écharpe qu'Hubert tient de Parisina
Ne lui restera point au tombeau solitaire;
Il en est dépouillé. Par un dernier affront,
On va couvrir ses yeux d'un bandeau funéraire.
Mais quoi! serait-il fait pour son superbe front?
Son cœur s'est révolté, soumis en apparence;
Et son profond dédain, quand un soin qui l'offense
Voudrait lui dérober l'aspect de son tombeau,
Repousse avec orgueil cet indigne bandeau.
« Non, non, dit-il, je livre à ta hache ma vie;
» Mais sans ce vain affront qu'elle me soit ravie;

» Voilà mes bras liés; allons, frappe, bourreau. »
Sur le billot fatal sa tête se présente.
« Frappe. » De cet amant ce fut le dernier mot;
Il l'achevait, la hache obéit aussitôt.
La tête roule et court sur la poudre sanglante;
Le tronc recule, tombe et présente l'effort
Des restes de la vie en lutte avec la mort.

Le fer perdit soudain son éclat redoutable.
Les pâles spectateurs, sans haleine et sans voix,
Furent du même coup accablés à la fois:
Quand la hache obéit chacun se crut coupable.
L'effroi de tous les cœurs allait être exprimé;
Prêt à s'en échapper par la clameur immense,
Au fond de tous les cœurs il resta comprimé:
Le frisson électrique imposa le silence.

Ô ciel! quel est ce cri d'horreur et de démence!
Il a fendu les airs, s'élevant dans la paix,
Semblable au désespoir d'une mère éperdue
Qui reçoit de son fils la mort inattendue.
Ce cri de la douleur est parti du Palais,
Comme serait celui d'une ame déchirée,
A d'éternels tourmens incessamment livrée.
Par le commun effroi, tout à coup excités,
Vers le séjour d'Almon les regards sont portés;
La foule vainement s'avance curieuse:

On ne distingue rien, tout se tait au Palais.
On reconnut la voix d'une femme, et jamais
La voix du désespoir ne fut plus douloureuse.
Puisse ce cri finir sa vie et ses malheurs!
C'est le vœu de pitié de tous les spectateurs.

Hubert n'est plus; depuis ce jour de la vengeance,
Rien, de Parisina, ne trahit l'existence;
Le ruisseau coule encor près des rosiers fleuris,
Mais elle n'y vient point à l'approche des nuits.
Son règne est effacé de toutes les mémoires;
Son nom, que célébraient le plaisir et l'orgueil,
Est banni désormais, comme ces mots de deuil
Qui présentent au cœur de tragiques histoires.
Époux infortuné, même le prince Almon
Jamais ne prononça, ne rappela ce nom;
Et de Parisina, de ses destins funestes,
Tout fut dans le tombeau caché comme ses restes.
Alla-t-elle, espérant le secours de la mort,
Détestant son erreur et livrée au remord,
En un pieux asile, attendre dans les larmes
Que le Ciel pardonnât au crime de ses charmes?
Le poignard, le poison, attentant à ses jours,
Punirent-ils bientôt ses fatales amours?
Ou la pitié du Ciel au repentir propice,
Daignant de tant de maux enfin la délivrer,
Lui voulut-elle aussi permettre d'expirer,
Le cœur brisé du coup qui frappa son complice?

On l'ignore, et toujours nous devons l'ignorer.
Sa vie a commencé de douleurs poursuivie,
Ainsi dans les douleurs elle acheva sa vie.
L'amour devait l'unir au plus cher des amans;
L'amour l'avait juré, la mort tint les sermens.

Pour oublier ce jour, jour à jamais néfaste;
Almon prit une épouse et vertueuse et chaste.
Il fut dans ses vieux ans entouré d'autres fils;
Tous dignes de leur mère et par elle chéris;
Mais Almon les vit croître avec indifférence:
Soit qu'aucun ne montrât cette haute vaillance
Du fils dont tant de fois son orgueil fut flatté,
Soit qu'aucun n'eût d'Hubert la grace et la beauté.
L'image du passé, pour combler sa misère,
L'empêchait de sentir qu'il était encor père.
Jamais ses yeux éteints ne versèrent de pleurs;
Du moins il les célait, ainsi que ses douleurs.
Jamais son large front ne connut le sourire;
Bientôt le noir chagrin y fixa son empire,
Et marqua de sillons chaque remords tracé,
Cicatrices d'un cœur profondément blessé.
Fidèle à ses regrets, il méconnut la joie;
Il vit languir ses jours à ses tourmens en proie;
Et plus cruelle, en vain il implora la nuit
De lui rendre le calme à ses sens interdit.
Au blâme, a la louange à la fois insensible,
Il se fuyait lui-même, à lui-même terrible;

Mais toujours agité de souvenirs cuisans,
Plus il les éloignait, plus ils étaient présens.
Quand l'hiver a surpris un fleuve à sa surface,
L'eau garde encor la vie et coule sous la glace.
Almon crut étouffer son désespoir caché;
Le supplice vivait à son ame attaché.
Des larmes vainement on arrête la course,
Elles coulent du cœur: les pleurs qu'on a célés,
Plus purs, mais non glacés, reviennent à leur source,
Et d'autant plus amers qu'ils sont moins révélés.

Auteur d'un jugement qu'il repoussait sans cesse,
Almon se surprenait vaincu par la pitié:
Juge, de son arrêt il était effrayé;
Père, il sentait souvent renaître sa tendresse.
Il ne pouvait remplir ce vide immense, affreux,
De deux cœurs criminels bien moins que malheureux.
De les rejoindre au ciel, il perdait l'espérance;
Le ciel est habité par la seule innocence.
En vain de sa justice il se crut assuré,
Il finit, de remords lentement déchiré;
Et ce prince inflexible, à son heure suprême,
Fut absous par la loi, mais non pas par lui-même.

Lorsqu'une main adroite a, par des soins prudens,
Doucement élagué les branches inutiles,
L'arbre s'enorgueillit de ses rameaux fertiles,
Et relève sa tête, ornement du printemps.

Mais si, dans sa fureur, apportant le ravage,
La foudre vient frapper les jets près de fleurir,
Le tronc meurt desséché, privé de son feuillage:
Quand les fils ne sont plus, le père doit mourir.

VOEUX

POUR LES HELLÈNES.

(1825.)

Seigneur, donnez la gloire à votre nom.
(Ps. CXIII.)

QUEL cri tourmente au loin l'écho de l'esclavage?
L'Océan a senti tressaillir son rivage;
L'Europe en a pâli : ses enfans consternés
Verront-ils et la croix et Dieu même enchaînés?
Des bords de l'Archipel, plage victorieuse,
Un peuple ose élever sa voix religieuse.

Son pavillon sacré s'agite dans les airs ;
Repoussant le blasphème étendu sur ses mers,
Ce signe, aux nations qui l'ont pu méconnaître,
Dit : Que la croix soit libre et que Dieu soit sans maître.

Est-ce bien là ce peuple aux antiques exploits?
Il vainquit pour l'erreur, il marche pour la croix.
Quelle main ébranla son culte déplorable?
Le temps est loin de nous que la Grèce coupable,
Faisant monter au ciel un sacrilége encens,
Oublia le Dieu fort pour des dieux impuissans,
Et, semblable à l'enfant qui tremble pour un songe,
Courba sa tête esclave aux genoux du mensonge.
Dieu se vengea : son bras fondit du haut des cieux
Sur les autels des Grecs, sur leurs terrestres dieux;
Leurs temples chancelans s'écroulèrent en poudre.
Tel, l'orgueilleux rocher qui va braver la foudre,
Par la foudre frappé, voit son front renversé,
Et voler en éclats son orgueil dispersé.
Vains débris de l'erreur que l'homme immortalise,
Sur votre orgueil brisé Dieu posa son Église,
Et du fier Mahomet les peuples inhumains
Ne renverseront point l'ouvrage de ses mains.
Alors la sœur de Rome, autrefois criminelle,
Pleura sur un sol pur, régénéré comme elle ;
Le Ciel mêla sa joie aux pleurs du repentir,
Et lava son opprobre au sang d'un Dieu martyr.
Le flambeau de la foi, dans une nuit profonde,

Se détacha du ciel pour éclairer le monde.
Comme on voit dans l'orage un astre pâlissant,
Mourir devant l'éclair qui brille en l'effaçant,
Le paganisme éteint ne fut plus qu'un fantôme,
Et l'ame de Platon brûla dans Chrysostôme.

Ô crime! ô désespoir! ô cruel souvenir!
Que le courroux céleste est lent à nous punir!
Quand tout devait armer leur fureur vengeresse,
Les Chrétiens ont souffert qu'on enchaînât la Grèce;
Ils ont pu voir l'erreur fouler la vérité,
Et mourir la lumière avec la liberté!
Aux pieds dévastateurs d'un despote infidèle,
La Grèce déposa sa couronne immortelle:
Elle fut oubliée, avilie, et ses fils
Gémirent trop long-temps dans leurs foyers proscrits.
En vain le désespoir, sur ce triste rivage,
Montra ses fers aux Rois, vengeurs de l'esclavage;
En vain il acheta d'un oppresseur cruel
Jusqu'au droit d'élever ses louanges au Ciel;
Le Ciel, sourd à sa voix, dédaigna ses louanges:
Le blasphème étouffa le cantique des anges.

Quand les fils d'Israël exilés et pleurans
Sur un sol étranger portaient leurs pas errans,
Aux rives de l'Euphrate arrêtant leur voyage,
Ils posèrent leurs luths muets sous le feuillage.
Plus de chant, plus d'accord des échos répété:

Les échos attendaient le chant de liberté.
Ainsi le Grec esclave aux rives de l'Attique,
Portait loin des tyrans sa voix mélancolique,
Et de la liberté, fille auguste des cieux,
Confiait aux déserts le dépôt précieux.
A ses libres accens, là, quand sa main hardie
Mariait des accords l'héroïque harmonie,
Les déserts attendris redisaient ses malheurs,
Et la corde mouillée expirait sous ses pleurs.
Défenseur de la croix, ressaisis ta bannière,
Et laisse reposer ton luth dans la poussière.
Les larmes ne sont point pour ton front indigné :
C'est du sang des bourreaux qu'il doit être baigné.

Quelle divinité, sur des tombeaux plaintive,
Soulève avec effort les fers d'une captive?
C'est la Religion qui, de l'Europe en pleurs,
Repousse en frémissant les stériles douleurs;
Et sa voix, qui toujours conjura le tonnerre,
Semble monter au ciel pour accuser la terre :
« Europe, tes enfans ne sont-ils plus chrétiens?
» Les intérêts du Ciel ne sont-ils plus les tiens?
» Méconnais-tu la voix des Hellènes qui crie :
» Tu désertes le Dieu qui t'a rendu la vie?
» Épargne tes douleurs et soulage leurs maux;
» A quoi sert la pitié qui dort sur les tombeaux?
» Pourquoi donner des pleurs quand il leur faut des armes?
» La Grèce veut des bras et ne veut point de larmes. »

Eh bien, triomphez seuls, Hellènes glorieux;
La palme vous sourit en se penchant des cieux.
Que l'Europe gémisse au sein de la mollesse:
La honte des Chrétiens fait l'honneur de la Grèce.

Et déjà, réveillés par des rêves de sang,
Les Musulmans cruels marchent en rugissant.
Le croissant élevé sur sa bannière impie
Paraît, s'avance, étend sa fureur assoupie.
Dieu! que vois-je aux clartés de ces temples brûlans!...
Sur sa rive, la mer roule ses flots sanglans,
Et livre à l'Océan, qui d'horreur se retire,
Un peuple entier de morts conquérans du martyre.
Rhodes, Chypre, Chio, quels que soient vos malheurs,
Vos déplorables noms n'auront pas tous mes pleurs:
Ipsara fume encor, et mon ame oppressée
Garde pour la douleur une larme glacée.
Entendez cet accord vers le ciel emporté:
« Nous tombons pour la croix et pour la liberté. »
La sœur vient expirer sur le cœur de son frère;
Près du corps de son fils a succombé le père;
Près de l'époux, l'épouse un enfant dans ses bras.
Hélas! de ce vieillard, qui soutiendra les pas?
Le glaive a suspendu sa marche chancelante.
Où vas-tu, jeune vierge, incertaine et tremblante?
Où penses-tu cacher ton front décoloré?
Ta mère te promit un époux adoré,
Et ce pudique front que lava le baptême,

Aux tendresses d'hymen tu le promis toi-même.
Meurs, jeune vierge, meurs, ta funeste beauté
Ne peut plus d'un époux exciter la fierté.
Meurs, jeune vierge, avant de quitter cette terre.
Ah! que n'expirais-tu dans le sein de ta mère!
Tu n'iras plus, après un innocent sommeil,
D'un baiser filial saluer son réveil.
Meurs, jeune vierge, avant de quitter cette terre.....
Crains de voir au sérail la tête de ton père.

Grand Dieu, c'en est donc fait des fils que tu soutiens?
Dieu des Chrétiens, as-tu condamné les Chrétiens?
Veux-tu leur retirer le bras de la victoire?
Et n'es-tu plus le Dieu si jaloux de sa gloire?
Parais, vengeur des Grecs, ils seront triomphans:
Tu peux quitter le ciel pour sauver tes enfans.
Abaisse ton amour sur leur noble misère,
Et double la vertu par les regards d'un père.

Lorsque votre vaisseau sillonnait l'Océan,
Sous un ciel ténébreux où se forme un volcan,
Avez-vous admiré cet élément fluide
Précurseur de la foudre et plus qu'elle rapide?
Il brûle dans la nue, il s'étend dans son sein,
Le presse, le déchire, et s'échappant soudain,
D'un vol instantané, son immense auréole
Embrase l'horizon de l'un à l'autre pôle.
Tel le cri : LIBERTÉ! dans la Grèce si cher,

Tonnant comme la foudre et plus prompt que l'éclair,
Va pénétrant les cœurs jusqu'aux dernières fibres.
« Les Cieux seront vengés quand les Grecs seront libres;
» Vengeons, vengeons la croix, répètent les héros.»
Vengeons, vengeons la croix répètent les échos,
Des monts de Messénie aux rives du Bosphore,
Et le jour de triomphe a salué l'aurore.

La croix va s'élever : qu'enivré de fureur,
Pour vaincre, le croissant invoque la terreur;
Qu'il vienne profaner de sa lâche présence
Le sang dont il rougit les remparts de Byzance,
Croyant sur ces débris, affreux épouvantail,
Attacher la victoire aux murs de son sérail;
Que de ses Albanais les cohortes avides
Menacent les autels de leurs fers déicides;
Que le Nil débordé, vomissant ses vaisseaux,
Couvre de ses soldats l'immensité des eaux;
La croix va s'élever : Dieu défend son ouvrage;
Aux guerriers de son fils il prête son courage.

Et toi, qui promettais le soleil des beaux jours,
Astre brillant encore à la fin de ton cours;
Astre de liberté qui tombas avec gloire,
Le Ciel qui t'a perdu gardera ta mémoire.
Missolonghi, ton nom fait pâlir le croissant;
Byzance craint encor ton désert menaçant.
Non, tu n'es pas vaincu; tu demandes vengeance:
Du fond de tes débris la victoire s'élance.

Oh! de quel saint orgueil mon cœur s'est enivré!
Que ne puis-je, marchant sous l'étendard sacré,
Frapper, vaincre avec vous, habiles Hydriotes,
Héros de Spetzia, valeureux Moréotes!
Avec toi, Canaris, lorsqu'à ta voix, les mers
Révèlent au croissant une route aux enfers;
Avec toi, Miaulis, digne sang de la Grèce,
Lorsque ton frêle esquif, fort de ta hardiesse,
Réveille sourdement parmi tes ennemis
Le salpêtre et la mort dans ses flancs endormis!
Que ne puis-je du moins, harmonieux poète,
Imiter les accords du Monarque-Prophète!
Mes sons, enfans des Grecs, au retour des combats,
Célébreraient vos noms pour ranimer vos bras,
Et Tyrtée avoué par le Dieu qui m'inspire,
Je vous précéderais en chantant sur ma lyre:

« Gloire au Dieu fort! Guerriers, le voyez-vous
» Armé de son courroux!
» Il chasse devant lui le Turc incendiaire,
» Comme le vent du sud fait voler la poussière.

» Gloire au Dieu fort! gloire au Dieu de la croix!
» Il nous venge des Rois.
» Les Rois ont dans les fers laissé languir les braves,
» Et le Dieu de la croix affranchit les esclaves. »

Dieu qu'adorent les Grecs, daigne entendre mes vœux:
Comme eux je suis chrétien, je t'adore comme eux.
Dieu juste, mais clément à la fois et sévère,
Tu punis tes enfans, pardonne-leur en père.
Le triomphe des Grecs est encore le tien.
Assez, assez long-temps coula le sang chrétien.
Hélas! poursuivrais-tu d'une haine éternelle
Ce sang infortuné, mais à la croix fidèle?
Non; de ton bouclier étends l'ombre sur lui:
Un chrétien qui t'implore est sûr de ton appui.
Contre ses oppresseurs blasphémant ta puissance,
Tourne, pour le venger, le bras de ta vengeance:
La Grèce a satisfait à ce bras irrité.
Ah! laisse-lui des fils pour chanter ta bonté.
Ils marchent pour ton nom, combattent pour ta gloire;
Ils n'espèrent qu'en toi, tu leur dois la victoire.

FIN.

Montpellier, de l'imprimerie de M.me V.e PICOT.

www.ingramcontent.com/pod-product-compliance
Ingram Content Group UK Ltd.
Pitfield, Milton Keynes, MK11 3LW, UK
UKHW032017260826
14628UKWH00006B/2529

9 782019 701581